KB126540

물을 돌리다

시목문학회

대표 박장희

회장 최영화

사무국장 김병권

편집장 황지형

편집위원 박산하 김숲

PARAN IS 8 시목문학 제6집 **물을 돌리다**

1판 1쇄 펴낸날 2024년 7월 30일
지은이 구광렬 박산하 임성화 최영화 김도은 박순례 박장희 윤유점 김숲
　　　 김뱅상 이선락 황지형 박정민 성자현 양문희 김병권 이희승
인쇄인 (주)두경 정지오
디자인 이다경
펴낸이 채상우
펴낸곳 (주)함께하는출판그룹파란
등록번호 제2015-000068호
등록일자 2015년 9월 15일
주소 (10387) 경기도 고양시 일산서구 중앙로 1455 대우시티프라자 B1 202-1호
전화 031-919-4288
팩스 031-919-4287
모바일팩스 0504-441-3439
이메일 bookparan2015@hanmail.net

ⓒ시목문학회, 2024, printed in Seoul, Korea

ISBN 979-11-91897-80-7 03810

값 12,000원

시목문학 제6집

물을 돌리다

시목문학회

여는 글

각각 움켜쥔 물의 모양

때론 솟구치고
때론 쏟아지다
깊어진 10년
상선약수(上善若水)라고

앞으로도 쭈욱
물이 되어

2024년 7월
시목문학회 회장 최영화

차례

여는 글

초대시 **구광렬** klkoo5600@hanmail.net

시집『슬프다 할 뻔했다』, 스페인어 시집『La
tierra más alta que el cielo(하늘보다 높은 땅)』, 소
설『반구대』, 스페인어 소설『Sr. Mum(세뇨르 뭄)』,
산문집『체 게바라의 홀쭉한 배낭』등 문학 저
서 40여 권을 썼다.
시집『Caminar sobre la cuerda tirante(팽팽한 줄
위를 걷기)』로 AlpasXXI 라틴시인상 International
부문 수상, 시집『El espejo vacío(텅 빈 거울)』로 멕
시코 문협 특별상을 수상했다.

—

스페인 산티아고 순례
쿠바, 아바나에서
굿이어 신발
마지막 귀

스페인 산티아고 순례

　　뿌리의 무사(無事)를 위해 그루터기를 살피면 삐쭉 마른 가지 위에 앉았던 이방의 텃새들 후루룩 천장 위로 오르고 밤새 잡풀들 침대 난간을 감아 종교재판을 받는 죄수의 손금 같은 잎맥들을 발트해의 칙칙한 늪지대로부터 걷어 올려야만 한다

　　비가 빗금을 그으며 내릴 땐 처마가 짧은 내 작은 방에선 기침 소리가 들린다 침대 모서리를 옮겨도 도굴을 당한 듯한 머릿속이 흥건히 젖어 와 동전을 던져 앞뒤를 가리고픈 날엔 그 카드 벨 같은 콜록거림, 대기권 속살을 비집고 멀리 고향 어느 별자리쯤 쨍해 주길 바란다

　　예수의 열세 번째 제자를 만나고 돌아오던 날, 꺼질 듯 말 듯 개척교회 십자가가 바랜 셔츠 아래 문신으로 찍히던 날, 보았다 넝쿨 끝에 핀 꽃불 하나, 지구 반 바퀴를 돌고 돌아오던 새벽에도 젖은 발등에서조차 한들거리던 심지.

　　미워할 수 없다 같은 시각, 다른 장소에서의 나의 부재를 못 믿고 후생이 궁금하다며 불 속까지 뛰어들려는 내 뿌리.

쿠바, 아바나에서

선장은 흔들리는 갑판 아래서 구두 뒷굽으로 찍어 내는 대리석 위 맘보 발자국 소릴 그리워한다 그의 어머니는 만삭이 되도록 그 차가운 돌 위에서 맘보를 춰야만 했다 왜 하필 맘보냐 대리석이냐 물으면 지랄 같은 맘보와 대리석이 아니면 그럼 어디서 어떤 춤을 춰야 하는가 되묻는다 시간과 빛으로 만들어진 그 돌은 다른 시간과 빛들이 갉아먹지 않는 한 영원할 것이며 수 세기 전 배꾼들이 물소가죽 구두로 찍어 내던 '쫙쫙' 어금니에 껌 붙었다 떨어질 때 나는 듯한 그 소리, 낭랑한 파도 소리와 함께 영원할 것이다

그의 아버지는 하나님은커녕 요셉도 아니지만 그의 어머니는 마리아다 이제 항구에 닿으면 그 돌 위에서 예처럼 맘보를 추고 있을 또 다른 마리아가 포도주 빛 젖가슴을 내밀 것이고 그는 그러한 그녀의 자궁 속으로 바람 한 점 밀어 넣어 줄 것이다 그 후 또 다른 바람의 아들은 지네 아비와 할아비처럼 배 속에서부터 맘보를 듣게 될 것이고 그 맘보 발자국 소리는 또 다른 배들의 갑판 위에서 사막의 수정 빛 빗방울처럼 그리워지게 될 것이며 또 다른 항구에선 또 다른 마리아가 짙은 콤팩트 대신 붉은 노을을 바르게 될 것이다

굿이어 신발

—

디스커버리 채널 사람들, 촬영을 나왔다가 차량이 펑크 나
구리협곡(Barranca del cobre)에 찢어진 타이어를 버리고 간다
자동차가 빨리 달리는 비결이 타이어에 있다고 믿던 사
람들
구수회의를 연다
"땅님이 아파하지 않겠소?"
"아파한다면 쇳덩어리를 그렇게 냅다 달리게 내버려두겠
소?"
한 마리 들소 해체되듯 서른댓 조각으로 나눠지고
그중 화살촉 무늬가 살아 있는 부분, 추장에게 돌아간다
달리기를 좋아하지만
땅이 아파할까 봐 딱딱한 신발을 신지 않던 라라무리* 사
람들
그렇게 신발을 신게 되고
냅다 달리다가 보드라운 땅을 만날 적이면
어루만지며 말하는 것이다
"정말 안 아프오?"

—

*라라무리(Rarámuri): 멕시코 치와와주의 오지원 주민. 라라무리는 '달리는 발바닥'이란 뜻으로 말 그대로 그들은 달리기, 그것도 맨발로 달리는 걸 좋아한다.

마지막 귀

"방금 피마어(語)*를 할 줄 아는 마지막 인디오가 죽었대
요……."
전화를 끊고 잠시 생각에 빠져 있던 가이드가 말했다
그 말에 난, 혀가 오그라드는 느낌을 받았다

"키우던 암염소는 아직 있다 하니 허허 모르죠. 주인에게
배웠을지도……
그 영감, 딱 염소하고만 지냈거든요."
내 표정을 읽은 가이드, 애써 웃어 보였다

자동차는 비포장길을 달리고
차창엔 멀리 부락 연기가 실금으로 풀어졌다
"곧 잡아먹힐 거예요. 통상 주인 따라 보내거든요."
가이드는 웃음 반, 한숨 반을 흘리며 손가락 하나를 올렸
다
반쯤 열린 선루프엔 비 내릴까, 눈 내릴까,
망설이는 하늘 반 조각이 비쳤다

이윽고 공회당 앞,
암염소의 입에서 입김과 함께 뿜어져 나오는 음매.

하늘에선 눈 내리고

그 소리, 바벨탑 쌓이듯 '음… 매… 에… 에…' 하늘로 올랐다

그렇게, 피마의 마지막 귀 또한 지구상에서 사라졌다

*피마(Pima): 멕시코 원주민어. 나우아틀(Náhuatl) 방언 중 하나.

박산하 p31773@hanmail.net

2013년 천강문학상, 2014년 『서정과 현실』을
통해 등단했다.
시집 『고니의 물갈퀴를 빌려 쓰다』 『아무것도
묻지 않았다』를 썼다.
함월문학상, 울산불교문학상을 수상했다.

—

씨, 시
때론 불통이
카톡하는 앵무
무첨(無忝)

씨, 시

―

오늘 아침을 화분에 묻으면 간밤의 씨가 나올까?

생각을 화분에 심으면 손가락이 열릴까?

넌 매일 씨를 먹고 껍질을 벗겨 내잖아
난 과일의 속을 이식해 뭔가를 쓰려 하고

아보카도를 먹고 시를 화분에 묻었다
행간이 자라고 있다 마로니에 잎을 닮은

그 행간, 남국일까
따뜻한 그늘을 떠올리며 자꾸만 웃자라고 싶은

무성해지면 베란다가 동남아가 된다
프놈 바켕, 일몰보다 가지런한 속이 궁금했던

잎은 넓었고
내가 알지 못하는 일들은 숲속에서 이미 자라고

―

말랑해진 행간 하나 누르면 수십 년 고인, 파란 물이 쏟아질 것 같은   —

  아보카도 내 손에 들어오기까지
  남국의 열기가 저온방을 지나 여기, 일생이

  결국,
  시
  씨 하나 남기는 일이라고

  하루를 헐어 삼킨 일이 쉼표 하나 지우려는 일이라도 될
까,

                                                      —

때론 불통이

一　　꽃 이야기를 하면 비가 온다는 망고를 본 적 있나요?

　　망고는 럭비공이기도 하고
　　주상절리, 뚝뚝 잘린 말이기도 하죠
　　어긋난 말, 덜 익은 망고가 목에 넘어가지 않을 때를 이
르는 겁니다

　　떫고 신 황색의 기분
　　손안에 든 스노볼이 너무 환해서 눈사람이 되겠지만

　　망고가 투명하다면 보라 주걱이 든 줄 알았을까요

　　약간의 생각이 망고가 어느 가지에 열릴 것인지
　　어떻게 피어날 것인지……

　　꽃봉오리만 봐도 척, 알 수 있지

　　척,
　　연습의 껍질이거나 지층, 얼굴 또는 과실
一　　때론 불통이 돌아선 통이라는 거

얼굴이 천천히 익어 가고
망고를 든 여인*이 애써 웃고

카톡하는 앵무

까톡, 새 말만 한다네
뼛속까지 텅 비었는지 전화가 끊어지지 않네
바람이라도 몇 뭉치 둥지에 담으려나

비밀스런 이야기 다 들어 준다던 뒷산 푸조나무
왼쪽으로 들으면 왼쪽으로 흘려보내고
좋은 일이 생기면 먼저 술을 권한다던

푸조나무를 찾아가는 건 아무, 아무거라도 다 들어 준
뭔, 의리 같은 거 아닐까

앵무의 이야기를 들어 준다는 건
내가 나무가 되는 일

앵무는 입안에 웃음이 가득 고였나, 아니 울음 같은 거
푸조나무를 믿기에 저리 이야기를 부려 놓는 것도 같은데

묻지도 않은 이야기, 금세 하품 나는
그쪽 깃털, 이쪽 나무
하루쯤 일정이라도 겹쳤던 것일까

24

몸속에서 빠져나온 머리카락 같은 이야기

나무는 앵무가 될 수도 없겠지만

연록의 팔레트가 붉었다가 보라였다가

들은 시간만큼 뒤섞인 팔레트를 말끔히 씻어야 할 때가
있지

무첨(無忝)

─

물봉골, 산정호수
숱한 발자국에도 수면은 구겨지지 않고
물길은 골목으로 이어져 흐르고

흰옷 입은 호수 주인
친정 상이 났다며, 기어이 사진을 찍지 않는

가을이 호수에 담기고
호수가 만든 도토리 묵향, 접시에 담기어 손님을 맞는다

백 번을 참는 호수와
욕될 수 없다는 호수가 앞서거니 뒤서거니
그 물길 아직도 단정하게 흐르는

돌담장
쪽문
누마루가 호수에 비치고

저 아랫동네 어디쯤엔
은행나무 하나가 속을 다 내어 주고 껍질로 산다던데

─

임성화 lsh4529@hanmail.net

1999년《매일신문》신춘문예를 통해 등단했다.
시집 『아버지의 바다』『겨울 염전』, 동시조집
『뻥튀기 뻥야』를 썼다.
성파시조문학상, 울산시조문학상을 수상했다.

—

딩각 부는 사내
바다 로또
발등 찧다
닭 잡고 오리발

딩각 부는 사내

반구대 암각화에 힘 좋은 사내 산다 허리에 돌칼 차고 딩각을 불어 가며
한 무리 떠나는 사냥 무사 귀환 기원하는

불콰한 노을 앞에 땅 쿵쿵 북을 치고 모닥불 원을 돌며 우샤우샤 춤을 춘다
뭍으로 올라온 고래 혼을 돌려보낸다

중천에 달이 뜨면 객귀 어린 벼랑마다 정을 쪼아 새겨 놓은 그 사내의 일기장에 대곡천 돌아든 물길 소리 없이 흐른다

바다 로또

조간신문 사회면에 고래가 나타났다

물길을 잘못 들어 그물코에 걸린 걸까

몸 곳곳 작살 흔적은 어디에도 없었다

만면에 웃음 띠고 지폐 헤는 늙은 어부

벼락을 맞기보다 더 힘들다 하는데

조상이 돌봤나 보다 일확천금 누렸으니

어젯밤 엄마 고래 새끼 울음 들었을까

고향길 거친 물살 길 잃어 더듬다가

반구대 조상들 서책 읽기 전에 눈감은

발등 찧다

—

　행운권 당첨되어 받아 온 작은 무쇠솥 끼니마다 남는 잔 밥 누룽지용 제격이다 손에 착 달라붙는 너, 속내마저 나 눴더니 아뿔싸 너는 내게 음모를 숨겨 왔나 기회를 엿보다 가 발등을 내리찧고 미세한 금이 간 뼈가 몸의 축을 흔든 다 졸지에 지구본 움찔 궤도를 벗어난 듯 중심을 잡기 전 에 이미 물은 쏟아졌고 또 다른 그림자 하나 내 허방을 찾 는다

—

닭 잡고 오리발
—어무이 이바구*

야들아, 발 씻껏나 이불 미테 먼 냄씨고, 태길이가 아까
전에 달터레기 태운 거다 좀 이따 고기 묵으면 조은 냄시
날끼다 야들아, 아까 전에 머슨 소리 몬 들었나

소테 있는 달구 새끼 꼬끼오 소린갑다 양푼에 퍼 갖고온
나 퍼떡 묵고 치아뿌자 야들아, 내일 아침 서쪽에서 해 뜰
끼다 달장 앞에 우리 엄마 기절해 있을 건데, 개안타 딱!
잡아떼라 쥐도 새도 모린다

*경상도 사투리 시.

31

최영화 gjcyh@hanmail.net

2017년 『문예춘추』, 2022년 『상징학연구소』를
통해 등단했다.
시집 『처용의 수염』 『땅에서 하늘로』를 썼다.
세종문학상을 수상했다.

—

땅에서 하늘로
그림 바라보기
첨성대
짝사랑

땅에서 하늘로

—

어릴 때 방에서 타고
마당에서 타던 세발자전거
아이들 자라자 천덕꾸러기 되어
처마 아래 구석진 곳 주차장이다

색 바래 남루한 몰골
세 바퀴 바람 가득 안고
옛 친구 만나 달리고 싶고
같이 지내고 싶다고 소리친다

버리려 대문 밖 밀고 나가니
내리막 삐걱거리며 우는 바퀴
아이들 웃음소리 들리는 듯
까꺼거 까꺼거 크르릉

나무 사이 긴 장대 묶고
동아줄로 그네 걸었다
신나게 하늘로 솟구쳐 오른다
땅에서 하늘로 바뀐
— 빈 마당

그림 바라보기

이젤 위에 펼쳐진 산등성이
붉은 물감을 흩트리는
파도를 그려 놓으시려는 걸까
주상절리를 펼쳐 놓고
고개 끄덕이시는데

목화솜 무더기가 들어선다
털 달린 구름으로 코끼리 그리시려는 걸까
비행운을 그리신다
소리 없이 떠오르는 위성
회오리바람에 휩싸인, 우리 하느님

힘 모아 하느니 임, 불러 보면
점심을 드시러 가셨나,
똥을 누러 가셨나?

첨성대

궁궐 앞 파란 하늘 정(井) 자 위에 걸터앉아
밤하늘 펼쳐지는 별 살피고 천년 묵힌 별들
차곡차곡 쟁이고 나라와
백성 편하게 살피고 세월
흘러도 자리 지키며 말없이
묵언 수행 중 세월 흘러도
명당 잔디 채송화 에워싸 해바
라기 핑크뮬리 옆에 피고 날마다
관광객 쉼 없이 찾아오고 주말마다
선덕여왕 긴 행렬 수천 년 이 자리
지키고 앉아서 묵언 수행 중 세월이
흘러도 비바람 천둥 지진 이겨 내며
혼자 말없이 자리 지키며 천년 사직
쟁여 안고 오늘도 앉아 묵언 수행 중

짝사랑

물을 돌리다 내가 돈다
물속, 지느러미 바빠지는 오후

목탁 소리에 몸짓 모아 기도한다
대웅전 앞 구름다리 연등들
"우야든지 복 마이 주이소 관세음보살"

물을 돌리다
탑돌이 목탁 소리 듣는다

"예끼 이놈 물처럼 살아라"
"바다로 흘러가겠습니다"

내가 돌아간다
물이 돌아간다

김도은 jaworyun@hanmail.net

2015년 웹진 『시인광장』을 통해 등단했다.
2023년 제3회 시목문학상을 수상했다.

—

격리가 격리될 때
분홍이 분홍 속으로 잠입한다
여자는 살아지고 있다
하나이면서 셋인 의자

격리가 격리될 때

    X의 방문이 열리면 옷장이 있고, 옷장 문을 열면 벽장이 있고. 벽장문 열면 불빛이 없고, 벽장 천장에는 X가 그려 놓은 창이 있고, 창에는 하늘과 먹구름이 있고 번개가 있고 비가 있다 창틀에 끼어 있는 해, 말풍선이 매달려 있다 '내일 흐림'

    창 아래 선반에는 화분이 있고 X가 어제 먹은 사과 씨앗을 심었고 싹이 없는 화분에 말풍선이 주렁주렁 열려 있다 '사과는 열린다'

분홍이 분홍 속으로 잠입한다

　분홍의분홍어깨위로스며든밤,물든듯채색된연분홍시간을
걷어내려밤은노래한다'연분홍치마봄바람에봄날은가고'바
래진시간연분홍,분홍에게스며들고봄바람걷어낸시간,봄날
잠입한다'봄날은가고연분홍치마봄바람에날리고……'

여자는 살아지고 있다

一

옷장을 열고 여자는 내일을 걸었어 어제 묻은 먼지를 걸고 그림자를 걸고, 여자는 어제의 여자를 걸었지 여자가 있다는 것을 아는 건 옷장뿐이었어 여자는 방문을 걸고 어제의 밤을 덮고 누웠지 잠꼬대가 들려왔어 왜 그랬지, 왜 그랬을까, 왜 그럴 것 같아

옷장 속, 여자의 내일이 달그락거리고 먼지가 떨어지고 여자의 그림자가 살아지고 있었지

옷장에선 또 잠꼬대가 들렸어 그랬을까, 그랬지 또 그럴 것 같아

옷장 문을 열고 여자는 여자의 내일을 개켰지

一

하나이면서 셋인 의자[*]

의자는 의자를 보고 있다
의자는 의자를 보는 의자를 외면한다

의자는 등받이가 없다
의자는 의자의 등받이를 내주었다

등이 없어진 의자
등이 있는 의자에 앉는다

의자를 보던 의자 의자를 외면한 의자
그 의자는 무엇으로부터 왔을까

*하나이면서 셋인 의자: 조셉코수스 그림 제목 차용.

박순례 sy3456@hanmail.net

2016년 『여기』를 통해 등단했다.
시집 『침묵이 풍경이 되는 시간』 『고양이 소굴』
을 썼다.
울산문학 젊은 작가상, 울산詩文學 작품상을 수
상했다.

—

리비도
아무도 없었다
비우다
일단 멈춤

리비도

어둠 속 불을 본다
어둠의 빅뱅
자동차 유리 산산이 부서지고 시공 서성인다
상대적 간격에 시려워 하고

하드웨어 속 소프트웨어
변위적 중성의 체를 유기하는
서로 협력한다
진화 순환
분리되고 분리되어도 음양은 존재하고
허둥대고
광기 분열, 분열, 분열

머리 뜨거워지고 온몸이 달아오르는
충돌, 죽음
형상 비 형상이 오가고

죽음(死)의 주기
물(水)이요 북(北)이요 밤(夜)이요
폭발 반란

마그마 녹아내리는

원시의 해방

잠에서 깨어난 돌 하나 흘러내리는 에너지

아무도 없었다

一　　바람이 지날 때도 흔들리는 건 없었다

　　동굴이 출렁일 때
　　그가 지나갔다는 걸 알았다

　　발자국도 없는 그를 찾아
　　말(木) 꼬리가 흔들리는 것은
　　남은 게 없다는 신호였을까

　　쉴 곳을 찾아 두리번거리는
　　알지 못하는 곳에서 서성이고
　　발끝의 방향을 정하지 못한 채
　　돌부리를 걷어찬다
　　나는 이제 너무 멀리 와 있다

　　아직은 늦여름
　　마음 안에 낀 성에 두꺼워지고
　　삐딱이 달랑거리는 잎 사이로 떨어지는 별을 세

—　　붉은 울음 치마폭에 담으며

비우다

저 눈 직진이다
거미줄로 안개를 잡으면
햇볕 한 뭉치 담긴다

바람 타기를 한다
글자를 읽는다
앞줄 네 개 뒷줄 네 개 가운데 가장자리
초서체가 나오려나

비가 내린다
무너진 집을 다시 짓고
공기 중에 굳는다

스러지는 비움의 정점

일단 멈춤

삼십 년 된 장롱을 버렸다
나를 버렸다
이십 년 된 장식장을 버렸다
꿈을 버렸다

왕골 돗자리를 버렸다
추억을 버렸다
매 묵화 병풍을 버렸다
과거를 버렸다

접시를 버리려다 멈춘다
이유식을 먹이던 접시
버리려던 딸아이들이 빙글 돈다

접시를 돌린다
꽃을 따라다니며 엄마 놀이를 하고
애기 오리가 점점 자라
삼지창을 든 오빠와 뒤뚱거리던 오리 궁둥이들
멜라닌 접시에서 아이들 논다

대낮인데 하늘엔 별이 뜨고 달이 들고
달콤하게 꿈을 키우던 아이들
접시에서 지금도 뛰어논다

햇살이 접시 안에 듬뿍 안긴다

박장희 change900@hanmail.net

1999년 『문예사조』, 2017년 『시와 시학』을 통
해 등단했다.
시집 『폭포에는 신화가 있네』 『황금주전자』 『그
림자 당신』 『파도는 언제 녹스는가』, 산문집 『디
시페이트와 서푼 앓이』를 썼다.
울산문학상, J. P. 사르트르 문학상 대상, 울산
詩文學賞, 함월문학상 등을 수상했다.

—

풍크툼
발자국이 흐느끼던 날
모두 아류다
굽이치다

풍크툼

　一　　볼륨, 볼륨에 대한 물음표
　　　　시간마다 부풀어 오르는 호흡
　　　　손에 쥔 뽕처럼
　　　　눈에 띄는 성형외과 간판은 화려하다

　　　　들국화가 부케처럼 향기롭던 날
　　　　볼륨이 풍선처럼 솟는다
　　　　한 번도 닿지 못한 봉우리

　　　　부케를 화면 밖으로 던져 버릴까
　　　　평면의 붉은 카펫
　　　　누구를 위한 볼륨이지,
　　　　손의 주인만이 답을 알지
　　　　결말을 모르는 비극

　　　　부풀어 오른 볼륨 없이도
　　　　시선 아닌 진정 마음 잡을 수 있는
　　　　진짜 볼륨을 올리는 거야

　_　　　볼륨에 대한 물음표

……그래 그 볼륨 자체가
정신의 저울추를 완전히 기울게 하지는 못해

볼륨, 볼륨에 대한 물음표
……
풍크툼이야, 풍크툼

발자국이 흐느끼던 날

—

　부리를 가슴에 묻고 외다리로 밤을 지새운 난 짓무른 눈으로 사소한 불일치에도 생각을 덧칠한다 가벼워진 뼛속 공중에 뻗은 나뭇가지, 어둠의 모서리 긴꼬리에 회색빛 낮은음자리표로 앉는다 적막은 깃털만큼 겹겹이다

　나의 부리와 꽁지는 점점 여위어 녹을 줄 모르는 얼음 위에 싸늘히 붙고, 침묵으로 깊어지던 악보는 높은음 쓸쓸한 박자로 깃털마다 스며들고, 훤한 햇살 아래지만 온통 검회색이다 적막은 찢을 수도 칼로 도려낼 수도 불로 녹일 수도 없는, 날개가 있어도 비상할 수 없고 허공이 있어도 자유가 없다

　펑크 난 풍선 찢어지고 무너져 내린다 목 뜯기고 뽑힌 깃털 푸르죽죽 울긋불긋, 목 안에서 모래바람 회오리친다 어떤 음악도 들을 수 없고 어떤 풍경도 바라볼 수 없고 그 무엇도 저장할 수도 없는, 동백꽃을 찾아 멀리 깃을 펼칠 수도…… 목소리 가슴 꼬리 할 것 없이 볼륨이란 볼륨은 다 흰색 검은색으로 주저앉는다

—

　깊고 깊은 두 동공 생략이 안 되고…… 찬바람이 바람벽을

세우는 벌거벗은 보라색 적막과 서러운 검회색, 어떤 길을
가야 목적지에 닿을까 나뭇가지가 바람을 쓰다듬는다 그
동공 어느새 이음새 노새 닷새 짜임새 틈새 리듬을 탄다

모두 아류다

서가에 켜켜이 쌓인 책, 낮이면 파도와 바람이 펼치고 밤이면 달과 별이 펼치는 한탄강 주상절리

시든 장미가 웃는 풍경을 펼쳐 놓고 눈물의 마그마와 미소의 오렌지로 읽는다 대중소설과 시집의 표준 답안이 없는 오늘, 그 오늘마다 얼룩의 넓이와 흉터의 깊이를 읽는다 체온이 식어 간 굽이마다 가라앉아 묵혀 둔 어둠 그 정적 안쪽 사연까지 만지작거리며 읽는다

굶주린 야옹이 우는 풍경을 펼쳐 놓고 바람처럼 휙휙 줄기만 읽는다 꼭대기 높은 스토리 허공에 발 디디며 읽어 갈수록 이어지는 계단, 끝에서 깊어지고 넓어지는 바람, 오랫동안 거울은 얼굴을 잊어버렸지만 입술은 중심을 찾는다 불타 버린 문장에서 체온조절하는 부리까지 품에 안는다

의미 없는 입김과 뿌리를 감춘 채 서로의 어둠을 꺼낸 무수한 어제의 뒷모습, 목에 감긴 아침을 허리에 묶인 밤을 발아래 묻은 미래를 캐내는 고독한 광부, 슬퍼하지 말라 그게 책을 짊어진 자의 운명, 그 뜨거웠던 증거만 파헤치는 파도와 바람은 언제 녹스는가,

켜켜이 쌓인 책, 밤이면 파도와 바람이 덮고 낮이면 달과
별이 덮는 한탄강 주상절리 서가

이 책장을 스쳐 간 바람의 시는
모두 아류다

굽이치다
—빈센트 반 고흐, 「별이 빛나는 밤」, 1889

—
별이 이별을 부숴 버린 웃음과 사랑을 받들던 울음을 담아 반딧불이 여기저기 노랗게 등을 켜는 밤

달 파문에 방랑이라는 흰색 물결무늬를 두른 채 불 꺼진 교회와 마을 거리를 따라 그림자 앞세우고 산비탈을 오르내린다

밤은 가끔 회오리치는 혼돈, 사랑이 무덤처럼 웅크린 뒷모습, 귓가에 충격으로 맴돌던 문장, 내 별과 네 별 사이 돌개바람이 뒤섞여 반죽이 된다

밤이 낮을 낮이 밤을 밀어낸다 소화하지 못한 욕망 수직으로 불타오르듯 하늘을 찌르는 사이프러스

어지럽게 흔들리는 마음의 조각, 마음을 공글려도 고독이 무중력처럼 나를 잡아당긴다 빙글빙글 불타오르며 밤하늘 마구 흔든다

마음의 격류를 따라 서서히 눈동자 풀어지는
—
밤,

이 모든 것이 끝났으면 좋겠어*

*고흐가 마지막 남긴 말.

윤유점 stoneyoon@hanmail.net

2007년『문학예술』, 2018년『시문학』을 통해 등단했다.
시집『내 인생의 바이블코드』『귀 기울이다』『붉은 윤곽』『살아남은 슬픔을 보았다』『영양실조 걸린 비너스는 화려하다』『수직으로 흘러내리는 마그리트』를 썼다.
한국해양문학 대상, 부산진구문화예술인상 대상, 부산문학상 등 다수 수상했다.

—

변성기
덕수궁 돌담길
지금 날짜변경선을 통과하고 있습니다
우화

변성기

—

　가면을 벗어던진 방랑자들 침을 뱉는다 몽정을 푼 미개한 몸짓으로 우왕좌왕 떠벌리며 고난에 찌들어 가는 동안 아래턱 침샘이 말라 가고 와인이 솟고, 석유가 터지는 땅 위로 굴러다니는 가상화폐를 채굴하며, 산과 강줄기를 맨손으로 들어 올려 존재하지 않는 신들을 향해 천국을 연다 보이지 않는 위대한 손에 조종당하는 익명의 지상은 평범한 삶을 떠난 지 오래다 죽음의 그물이 퍼져 간다 식민지가 된 새 영토에서 숨죽인 대지의 신이 두 눈을 부릅뜬다 짐승들의 목을 노리는 사냥꾼들은 주린 사건 사고로 끊임없이 허기진 목줄을 끌어당긴다

—

덕수궁 돌담길

　수많은 날의 상처를 보듬는 돌담길, 비장한 침묵으로 궁궐을 지킨다 세월 탓에 기울어진 버즘나무 겁먹은 듯 샛노랗게 질려 있다 멀리서 돌아온 샛바람은 짓눌린 허방에 길을 내고 엄숙히 이어 가는 역사는 늘 투쟁 중이다 한세상 사는 동안 비겁했던 눈물이 가로등 불빛에 흔들리고 밤하늘에 뜨고 지는 별처럼 고층 빌딩 불빛도 찬란하게 떠 있다 담장의 무게 지탱하는 변방에서 새로운 길을 찾아 도시는 눈을 뜬다 장막처럼 깔리는 하나의 정적이 비명을 지르는 동안 가쁜 숨 몰아쉬는 어둠 속 천천히 눈빛을 흘리는 길고양이를 본다 부서진 유리 파편 같은 광장 저편에서 앰뷸런스 소리가 황급히 쫓아온다

지금 날짜변경선을 통과하고 있습니다

어둠을 벗어나는 별의 항로
첫 키스의 발화점을 스쳐 간다

어린잎들이 물관을 더듬는 동안
나무는 더 이상 녹색이 아니다

운명처럼 마주친 그 순간
치환할 수 없는 삶의 기울기

동경 132도,
소수점 이하를 생략한다

자작나무 숲으로 간 별들이
하얗게 제 몸을 바꿀 때

GPS에 뜨는 에러 창
파란빛으로 짧은 파장을 흔든다

애매한 빛으로 입력된
허방, 투명한 햇살을 출력한다

우화

온 동네 소란하게
달 보고 짓던 견공
들창에 솟아오른
슈퍼문에 소원 빈다

삼킬 듯 돌연한 마음
취기 오른 행복감

끝없이 찬양하는
눈동자 번뜩이고
가면 쓴 얼굴들이
군림하는 붉은 세상

밤사이, 마법에 걸려든
성스러운 팽나무
싸늘하게 죽어 간다

김숲 misuk2431@hanmail.net

2014년 『펜문학』을 통해 등단했다.
시집 『간이 웃는다』를 썼다.
등대문학상, 한국해양문학상, 제2회 시목문학상
을 수상했다.

—

부엉이가 우는 아침
불시착
오리온성운
시모 장례식

부엉이가 우는 아침

아침을 먹었는데 자꾸 배고프다
햇빛은 빗소리 뒤로 꼬리를 감추고
자동차들은 창밖을 날고 있다
난 거실 소파에 기대어 박제된 부엉이처럼
텅 빈 눈으로 티브이를 핥고 있는데

마다가스카르의 바오밥나무가 거실에 뿌리를 내리고
영혼의 나무 에이와처럼
천장에 가지를, 이파리를 별빛처럼 편다
그 거대한 나무 아래에서 지는 석양을
바라보고 싶다는 생각이 나를 바라본 순간

밤처럼 어두워지고, 부엉부엉 우는 나
고개를 270도 돌려 세상을 보지만 90도는 보지 못하고
90도의 세상이 나를 캄캄한 쪽으로 밀어내는데
형형하게 빛나는 파란 눈으로
커다란 날개 활짝 펼칠 수 있을까

낮이건만 밤 같기도 하고
밤이건만 낮 같기도 한 나

부엉, 리모컨을 누르자
네모난 어둠 속으로 사라지는 바오밥나무
그 나무 우듬지 사이로 부엉이 한 마리 날아간다

불시착

천변을 따라 길게 난 방죽
어스름 속 피라미들 은빛 등을 휘날리며 튀어 오른다
서쪽 길 끝으로 저녁놀이 지고
한참을 따라 걷는데
길가, 푸른 눈의 까아만 고양이
앞다리를 세우고 앉아
눈동자에 말려 있던 물음표 같은 소리 풀어놓는다
그러자 하늘에 별이 하나 반짝 뜬다

매일 그 시각 그 자리에서 기다린다고 한다
어디에서 길을 잃은 걸까
바다로도 도시로도 이어지는 이 길을
너는 어디까지 갔다 왔을까
행여 주인이 항로를 잃을까 움직이지도 못했을 너와
길을 잃고 난파선처럼 이 길에 다다른 나는 무엇이 다를까
목울대로 밀물이 들어온다

바다 쪽으로 한참을 걷다 다시 돌아오는데
그 길에서 아직도 모스부호 같은
울음소리를 타전하고 있는 고양이

너와 난 어떤 중력에 이끌려 궤도를 잃고
세상의 바깥을 떠돌다 이 행성에 불시착한 것일까
'어둠에서 빛나는 너의 시선을 따라가'*면
우리의 기다림처럼 푸른 별,
장미 한 송이 피어 있는 그곳에 다다를 수 있을까

*「어린 왕자」 중에서.

오리온성운

하늘에서 상상이 반짝인다 컴퓨터 화면 속에 펼쳐진 성
운은 한 송이 꽃처럼 아름답다 나는 별처럼 1,300광년 떨
어진 오리온성운으로 날아간다 상상력을 오리온성운만큼
키우다가 불타는 혜성처럼 잘게 부서트리기도, 빛을 산란
시켜 지구의 저녁노을을 펼쳐 놓기도 한다 젊은 별들로 이
루어진 트라페지움 성단에서 푸르게 빛나는 상상. 나의 청
춘이 그 성단에서 빛나고 있다 신의 입김인 가스와 먼지구
름 속에서 태어나는 어린 별들을 보기도, 프로토플래넷 디
스크 원시행성 원반에서 들려오는 음악 소리에 맞춰 춤을
추기도 한다 말머리성운의 어두운 실루엣으로 들어가 히
힝 울기도, 수억 광년 펼쳐진 우주 속을 달리다 말발굽을
오메가 성단에 놓고 왔네 수많은 상상을 조합해 만든, 아
니 나의 삶 같은 초신성을 폭발시켜 시간의 블랙홀 속으로
들어가 뱅뱅 돌기도 한다 상상을 가느다란 곡선 모양의 로
프처럼 만들기도, 가끔은 꼬리 부분에 밝은 매듭 모양으로
만들어 가장 어두운 별 근처에 펼쳐 놓는다 컴퓨터 화면으
로 보는 성운과 보지 못한 우주 속 수많은 성운이 설렌다
나의 상상은 오리온성운에서 오렌지 빛깔과 짙은 블루와
블랙으로 빛난다

시모 장례식

못 울었다

그러다 울었다

친정 모(母) 떠나고

꺼이꺼이 울고 있는 아낙 보고

나도 친정엄마 떠올려서

행복하게 울었다

김뱅상 sukhee1796@hanmail.net

2017년 『사이펀』을 통해 등단했다.
시집 『누군가 먹고 싶은 오후』 『어느 세계에 당
도할 뭇별』을 썼다.

—

전봇대들의 점심 식사
자판기 속에는 어떤 구멍들이 살까
삽화가 된 휴지통
쏟아 버리고 싶은, 오후

전봇대들의 점심 식사

김밥에도 팔다리가 있다는 거 알아?
무릎엔 소금 간을 좀 더 해야 할까 봐

허기를 꾹꾹 채워 볼까 아주 잠깐 곁을 스치는
얼굴들, 반토막 나고

줄과 줄이 나란히 누웠다
터질 듯 속엣것들

반으로 잘린 소금 간
팔다리가 흐트러진 끄트머리를 집으면

요정들 무대 위에서 한 발로 에티튜
쟁반의 끝이었을 거야

가장자리에서 쏟아지며 출렁이고
유리 거울에 비친 팔다리의 소금 맛에 대하여

속을 꺼낸다 머릿속은 무대 위에서 들썩이고
킨츠기 플레이트 위에 초콜릿 향 깃든 이 뒷맛, 파도 무늬의   —

  모자를 벗고 물을 마신다
  뚝뚝 듣는 물방울들, 물컵 밖의

  파도의 안과 밖은 짐작할 수 없어
  손으로 보고서야 속엣맛이 생각날 때가 있지

  이제 소금 간을 그만해도 될까
  배가 빨리 고파질 거야

  그랑 쥐 떼, 전봇대들
  한여름의 킨츠키를 시작하는 거야

자판기 속에는 어떤 구멍들이 살까

—
　동그라미 속에 나를 넣었다 꺼내 봐
　세로를 자르면 동전 구멍 하나 생길지도 몰라

　손바닥이 따뜻해지는 리듬이 있어
　동전을 넣으면 쏟아질

　걱정하지 마 해가 뜨지 않을 때도 있어
　별이 보이지 않는다고 사라진 건 아니잖아

　멜랑꼴리 모드, 그땐 동전을 떨어뜨려 봐
　동그라미 속엔 지나가는 구멍이 있어

　새콤, 파인애플 맛?
　할 말 있으면 다 해 봐

　커피 잔을 든다
　너는 잔 언저리에 입술을 그린다

　오늘은 네 반대 방향으로 손바닥을 대 볼까
—
　손가락이 다른 곳으로 쏟아질지도 몰라

80

소금커피가 땡기는 날은 히말라야 소금산으로 갈까
뒷맛이 간간하게 끌려가는 하루

동그라미 속 구멍을 오래 들여다보면 새가 날아올까
배꼽 아래 그 새소리, 아슬아슬할 텐데

내 안에 들어올 때는 조심해
새소리가 나는 동전 따윈 뱉어 낼 수도 있어

잔을 부딪친다 우리, 벽을 오른다

삽화가 된 휴지통*

― 머그 컵?

휴지통 앞에서 말이 꺾인다

보도블록 한 장쯤, 기울어진 머그잔에 스트로 꽂아 넣자
뭉그러지는 속엣말 몇 모금

와글시끌, 끌려오는 발바닥 조각들
가로세로들, 콜라주

나 왜 휴지통 앞에 서 있지?

*

얼굴 따윈 필요 없어, 뒤통수를 반쯤 기울여 보면 알아
숨은 것들이란 가장자리 쪽으로 기울거든

머그 컵을 뒤집는다 오토바이 소리 자동차 소음 엎어지고
소프라노, 어제 죽은 여배우의 대사 비스듬히 선다

―

공중으로 돌아가려는 것일까?

너와 난 어깨를 들썩였잖아, 어슷 햇살이 잘려 나가는 찰나였어

라운드 미드나잇 흐르고

피카소 달리 에른스트 마그리트, 지나가고

머릿속에 엉겨드는 토끼 여우, 이건 뭐! 짐승도 아니고⋯⋯

비스듬한 것들은 늘 새롭지

저 휴지통 좀 봐, 기울어 있잖아 오늘은 취하지도 않았어

*

미술관 앞, 제 발로 걸어 나간 발바닥들 자꾸만 말을 걸어오고

난 머그 컵이나 툭툭, 기울이며

*르네 마그리트, 「삽화가 된 젊음」 변용.

쏟아 버리고 싶은, 오후

—

블랙커피를 쏟으면 수평선 벌컥, 뒤집어진다

3월 5일, 바다는 그렇게
쏟아졌고

지나가던 바람에 비스듬 몸을 기울여 버린, 창유리마다
제 속을 덜어 내던 방 한 칸쯤 있었지

우린 왜 기울어 쏟아진 집으로 들어갔던지

*

왜 우린 다시 바닷가 이 마을로 돌아왔는지……

어두워지면 창 몇몇 환해진다 그 방
바라보지도 못한 채 흘려보낸 저녁 어스름, 우린 서로

가장자리에서 태어나나 봐
움츠린 벽 속에 숨죽이며

—

난 블랙커피
넌, 새인가 블루베리스무디를 마시고

내가 웃는다
넌, 운다 창을 막 빠져나온 탓일까 제법 검은 춤을 추며

짭조름할 거야 네게 나는
두어 모금 웃음을 쪼는 걸 보면

                              *

식어 버린, 커피를 마신다 가장자릴 일으켜 세우면
내일이 오락가락 얽히는, 우리 마주
식어 가지만

9월 5일, 또 커피를 쏟아 버리고 싶어?

식상하잖아, 제발 춤을 멈춰 봐

네가 또 운다

부리를 테이블 위에 쏟아부으며

토할 뻔했잖아

입술까지 묻어 나온 커피 맛, 이리 쓰다
나는 또 블랙커피를……

이선락 blue-dragon01@hanmail.net

2020년 『울산문학』, 2021년 『동리목월』, 2022년
《서울신문》 신춘문예를 통해 등단했다.

—

구성, 비의 잔상을 위한
호모 인턴스
요거프레소 창가, 동그라미가 깨질 때
바게트빵을 맛있게 먹는 법

구성, 비의 잔상을 위한

구겨진 종이 위에 비 내린다
해진 물방울을 읽는다 낡은, 구성Ⅲ*?

빨강, 고양이 등 뒤로 날 선 네모 기운다 셔터를 누르려는
찰나
뷰파인더 속 실루엣, 허벅지 사이 몇 방울의 비

줄이 맞지 않는 문장으로 엽서를 쓴다
주소가 없는, 끝내 되돌아온 이름 빗물에 번진다
(반지하 쪽문에선 푸른 머리칼 냄새 컹컹거렸지)

글씨들 들뜬 물방울 속 이름 몇 널브러지고
접힌 모서리 숨은 그림, 속이 비치고
(여자일까, 난간에 기대선 저 노랑)

점이었을까? 콤마, 아니 느낌표?
책이었다 몸이었다가 바람 지나가자 나무였다가, 검은

강이 흐른다
물속에 잠긴 그림자 위로 소나기

실루엣 속의 여자 빠져나간다

젖었던 속살 바랜다 희부연 사진 속, 해진 길 하나 돋아
나고

장마일까, 물웅덩이에 뿌리를 내리는

비 긋자 우산 속에 구성, 되는 비구상의

*몬드리안.

호모 인턴스[*]

—

　닿소리만으로 제 태몽을 얘기하려던 것일까 몸통을 뒤척
인다
　고리에 달린 인형, 속살을 떤다

　바닥 비틀리자 낮잠 밖으로 삐져나오는 속엣말
　눈빛을 따라가면 인형, 반쯤 웃는다 각막엔 낮 꿈 부스러
기들

　납작 몸을 들척이다 가장자리로 밀려나는, 여자
　표정이 왼쪽으로 쏠린다

　속이 왜 캄캄하기만 할까, 목소리 들큰해지고

　바닥에 뉘어 둔 오후였을까 2시의 꿈, 안으로 덜컹댄다
　햇살 말라 가고

　체온 가라앉는다
　인형, 감긴 눈을 허공으로 띄운다 몸짓 사라진 시선 자꾸
만 떨고

—

90

비구상을 구겨 넣는다 햇살들, 뒤죽박죽 끼어들고

3층 열람실, 널브러진 부호들
저 허연, 닿소리 안으로만 잦아드는

*5년째 시간제 아르바이트생인 K, 도서관에서 전화 대기 중이다.

요거프레소 창가, 동그라미가 깨질 때

— 커피를 다 비웠다 꺼지지 않은 거품 몇 개, 바닥에 남았다
가장자리로 몰린
   반 동그라미 속으로 격자창 들어찬다

   K였다 동그라미 속으로 격자무늬를 밀어 넣던
   립스틱 자국, 입꼬리에 한참 어긋나던

   마름모꼴 눈길이 오갔던
   그날, 창밖 거미줄에 매달렸던 눈망울

   K, 그녀가 오기로 했는데
   모퉁이를 돌던 낮달은 어디쯤 당도했을까 그 마름모꼴의

   말라 버린 잔 속의 동그라미를 허무는 격자창, 난 나를
가두지 못해서 마른 잔을 든다 흘러내리는 동그라미를 자
꾸 핥는다 낮달 지워지고

   색깔 한번 가진 적 없는
   광 한번 낸 적 없는 그녀, 창을 흐르는 빗방울에 스며들고

—

그래, 빈 것투성이다 이 허름한 오후 네 시엔

격자창 흰다 잔을 기울일 때마다 늘어졌다 휘어지는, 동
그라미 으깨지는

바게트빵을 맛있게 먹는 법

—

뒤통수에 그려진 말풍선들 가려워진다 껍질이 단단한
꿈을 꾼 걸까?

행간을 접다가 뒤 페이지 낱말까지 접어 버린

덜미엔 부스러기들 쏟아진다 손바닥으로 쓸면
개미들 꼬물거렸다 시제가 과거인

생일날엔 부피가 생겨났어, 가로세로와 높이가 있는 종이
학 한 마리
말해야 한다, 모가지가 길게 자란

바게트? 껍질 딱딱한

속살의 풍선
부리로 찔러 보는 방식, 빵을 삼키는

—

황지형 rmfldna2002@hanmail.net

2004년 『시와 비평』, 2009년 『시에』를 통해 등
단했다.
시집 『사이시옷은 그게 아니었다』 『내내 발소리
를 찍었습니다』를 썼다.
명지문화예술상을 수상했다.

—

기관차의 첫 경험
잠자는 입맞춤
속눈썹
아직도 구도 '_'를 잡고 있는

기관차의 첫 경험

— 기관차의 앞쪽은 뾰족하고 귀밑머리 휘날린다

기관차 뒤쪽은 털이 없어서 반역한 게 아니어서
기관차가 계단을 내리면 뱉어 내는 무관심들

뿔뿔이 흩어지는 바보스러움이 있어요
뿔뿔이 흩어지면서 떠도는 바보스러움이 있어요

익살스러운 쓰레기 더미가 흩어져
익살스러운 쓰레기 더미에서 분해되고

똑같은 레일을 몇 차례 마주하며 드나드는 곳
아무런 소용도 없는 꾸며 낸 이야기가 아니어서

차례차례 도착하는 합집합 속에서
이어지고 움직이고 믿는 쾌적으로

생각대로 되지 않는 기적 소리가
무수하고 잡다하면서 다가오는 기적 소리로 떠돌 때

—

나는 거품에서 나온 당신일 리 없습니다
당신을 떠나온 기적은 기관차를 멈추게 하고

끊임없이 변화하는 기관차는 앞으로 가는가
연속적인 지속적인 기관차는 앞으로 어디로 가는가

틀림없이 감정을 지켜보는 아버지의 젖은 눈으로

깨닫고 기뻐하는 목소리가 방해받지 않고 달려올 때
기관차 앞쪽 뒤쪽 머리가 한통속으로 달려들 때

계단 끝에는 손을 잡으려 도착한 아버지가 있어
뒷머리를 쫓아 면사포 쓴 늦은 내가 있는데

잠자는 입맞춤

一

환절기 건너다니고
입 내밀어서 죽고
또 못 내밀어서 죽고

입 하고 맞추면
우선 나무가 열리고
입맞춤하고 붉어지면
나무는 없고
입이라는 것은 맞춤으로
싹눈을 틔워 가는
뼈대만 남은 비닐하우스처럼
맞추고 맞춰도 붉어져 오한이 남은 입을

입맞춤
우리에겐 혈맥을 뚫는 결이 있죠
우리의 아이들도 입이 많이 열리고 있어요
입, 무성한 종이다

종이 위에 놀다가
一   삐뚤삐뚤 색칠을 하고

98

입을 그리고
우리의 어른들은 나뭇가지로 그림을 그렸던 것처럼
석탄이 묻은 입을 맞추죠, 마음 아닌 곳이 없게
빗살 마중한 마음으로

껍질 마르고 벗겨질 텐데
우리의 입은
입 하고 맞추면
여린 어른이 되고
입 하고 맞추면
보이는 것 다 먹어 치우지 않을까

입 하고 맞추면
나무에선 입이 말랐고
입이 붙고
입이 떨어지고

속눈썹

— 창문을 밝힐 〈눈동자〉라고 말하자 사선으로 내린 빗물
깜빡거리고 속눈썹 떨린다 인공눈물까지 반짝인다 어깨에
뜬 별 달달하게 맺힌다 손과 무릎으로 한 봉지 촛농이 흘
러내린다

수평선을 긋고 있다 이등변삼각형처럼 내부로 한 점 떨어
지고 속눈썹 붙인 창문의 크기 구하는 방정식, 달고나를 붙
인 보관함, 100피트의 거리 좁히자 혓바닥이 붙어 버린다

빗물이 반짝인다 누가 생일 파티를 위한 〈촛불〉이라고
말하자 예의상 촉촉한 빛이라고 한다 달고나 작아지고 차
가워지고 모형 틀에 찍혀 나오는 별들 100피트의 넓이 파
먹힌 연인

눈빛에 반짝 헛디딘 발을 어루만진다 창문엔 물방울 맺
혀 있고 검은 마스카라 아래 울음이 터질 듯 감긴 눈동자
엔 뿌려 놓을 별이 없다 매듭진 행성 하나가 하얗게 사선
을 긋는 밤

— 속눈썹이 구조 신호처럼 떨고 있다 〈촛불〉은 초가 죽어서

내는 생명 값이라고 적는다 창문에는 잎사귀 한 개 태어난다 속눈썹이 붙은 창문에 생각 많은 빗물이 곤두박질친다

  큰 손에 손이 잡히는 나, 꼭짓점을 만든 내부는 구할 수 없고 내 손을 꽉 잡아야만 까만 밤 하얀 밤에 묻혀 환해진다 다른 사람은 몰라도 나만의 〈촛불〉 항상 그 자리에 반짝이고

  눈뜬 자들이 손바닥으로 더듬은 어둠이 있다 동공에 흰 구름이 떠다니고 엄지손가락을 치켜세워도 죽음이 자라고 손가락 끝에 달린 시행착오

  큰 손이 창문을 닫는다 눈썹도 속눈썹도 빠져 버린 얼굴, 표정은 뼈를 깎아서 찾아낸 낱말에 괄호를 친 파편들, 내가 벽창호요? 기차게 묻자

  눈물이 마른다 말라 버린 { }로 밖이라 나는 모르긴 해도 흰 백지 위 피어오르는 연기를 본다 희뿌연 연기 잦아든 벽지보다 한두 번 틀어쥔 주둥이처럼 변하고

—

비가 창문의 내부를 적는다 외부를 적는다 튼튼한 이름
을 창문에 적기까지 번개가 으르렁대는 밤낮, 그때 유리는
유리에 입수한 자들과 데칼코마니에 빠져들고

어디서 춤추며 온다 초여름경에 머리카락 흔들며 감자꽃
키우는 여우비, 여우비를 동반한 구름은 투스텝을 밟고 온
다 비가 우박으로 뭉쳐질 때 너는 다리 교차시키고

비가 창문을 두드린다 오른발은 왼발 앞쪽에서 발가락
지문은 리듬 탄 꼭짓점들, 자신의 발등에 찍힌 몸치들, 차
차차 천둥을 타고 온 비의 냄새

—

아직도 구도 '＿' 를 잡고 있는

1

매니큐어를 바르고 있는 손톱을 첨 깎았을 때,
  나는 빳빳한 깃을 세우며 사진 찍기 싫을 때마다 무서워
죽겠다는 시늉처럼 할 말을 잃었다

식겁은, 겁도 아니야!

2

복화술로부터 잊혀져도 되겠니? 희읍스름한 이름표를 달
겠니?
  기억이 기억에게 하얗다고 말해 본다는 것
  할 말 잃은 네 입술 아래서 달싹이느냐고
  나는 잊혀지지 않기 위해 뼛국물을 들이마셔 본다

뒷줄에 선 언니들은 우리를 앞세우고 어깨에 손을 얹었다
  우리는 꼭 한 번씩은 어깨를 좁히며 줄을 선다 각자의 위
치에서 그러니까 머물러서 절대로 움직이지 못하도록 기
억이 기억을, 그것을 상실하지 못하도록 박아도 되겠니?

기억이 거리 두기를 하는 상실이라는 것
순결함조차도 실망감이 되는 기억을
당신으로부터만 시작되는 기억이 되겠느냐고
여지없이 의심하게 되고
기억이 기억을 멈칫하게 하고
쓰이고
첫 번째가 되려 하고
내부로 뚫린 제자리로 돌아가
잡히고
채우고
구겨지게 되는 것
　나는 우리를 앞세우고 뒷줄에 선 언니들의 줄무늬 얼굴을 깊숙이 섞어 본다

　언니들의 얼굴이 줄무늬를 만드는 동안 우리에게 약을 먹이려고 이리저리 뛰어다니고 가루약을 숟가락에 올려서 손가락으로 휘휘 젓는 언니들의 얼굴이 밤에도 줄무늬를 만들고 제시간을 아직도 가지지 못하는 언니들의 줄무늬가 귀염둥이 막내 얼굴에도 생기면 저런 불쌍해서 어쩌나 아무것도 긁힌 적 없는 기억을 만들어 주는 줄무늬들, 나는

언니들에게 잠수 인형처럼 코나 골고 조약돌을 쥐고,

"말라깽이, 언니들…… 집안의 받침이지만, 집게와 열대
계절풍도 없어, 오장육부가 달려 있는지 한 번도 생각해
본 적이 없다. 차례차례 태어났지, 언니의 Mader를, 사랑
스럽게 불렀지, 언니들도 보았지, 싱그러움을 엄마라고 불
러야만 할까, 그렇게 오래 엄마에게 연결되었지, 나는 전
염병에 걸리고 싶지 않아, 내 눈을 찌르고 내 코를 꿰이고,
그리고 그 얼굴을…… 그리고 한 번도 긁어 본 적…… 없는
그 볼기짝……"

우리가 다(茶) 사랑스러웠을 때, 차 때문에 미끄러지질 못
한다는 걸 우리 다(茶) 알았을 때 내 목구멍에 물집이 몇 개
잘 띠웠을 때, 언니들은 두 손가락을 잘 섞어 놓으며 복(福)
을 만들고 머플러를 둘러놨었다, 매듭짓지도 않는다

'말라깽이들…… Mader를 대행했을까, 엄마 사용권을'

목소리 속의 마르탱 마르탱의 연출 연출하는 흰빛 흰빛
의 시뮬라크르 시뮬라크르의 구름 구름의 작용 작용하는

— 부재 부재하는 목 없는 부츠들

마르탱, 주근깨와 말라깽이로부터 벗어나는, 벗어난 우
화로, 정반대로 벗어나듯이 만드는 것은
엄마의 명사를 위해 경쟁하는
서투른 혀에서
음조가 나쁜 내게
백번의 좌절 앞에서 모음을 빼 모음을 해
버리지만, 앞에 서지 못한 게
어떤 마음 앞에서
마음대로 중얼거리는 마음을 부정하는
광 년

먹고 자고 씻기를 반복하면
We are the Yeong nam Jeong nam

말뚝처럼 박혀 있구나, 박혀 있어
부정적인 말이지만
나는 콧김을 내뿜는 게 아니라
반란을 일으키는 종이로 돌아가

울림을 주는 말라깽이들에게 물드는데
광 년

두 손 두 발 각운이 맞으면
We are the Yeong nam Jeong nam

3

일흔 살쯤 된 언니들을 볼 일도 별로 없었다
아무런 볼 일도 없었고 한가한 시간이었다
가장자리 치맛자락을 붙잡고 입술을 달싹거리고

이것은 아홉 품사와 격조사……

마르탱을 다시 뒤집으며 뜨겁게 달궈진 오븐 속에서
말라깽이 언니들이 불태웠던 상황을 눈여겨보았다
두 명의 남동생과 그리고 말라깽이 언니들은 마르탱을
먹으며
달달해서 매번 먹을 때마다 어떻게 만들어졌는지 무한히
되풀이되어야만 한다고 했고, 따라서 마르탱을 세세히 옮겨

적도록 달달…… 외우게 했었다

　감각이 촛불 속에 파묻혀 무감각해지지 않도록 상황이
악화되었다

　작은언니는 큰언니에게 불공평한 자신을 보장해 주는 환
상의 한계, 그리고 매번 불행한 이유를 구구절절 설명하였고
막내도 작은언니가 다시 쓰고 다시 읽는 과정을 지켜봤다

　쓰고 읽기 쓰고 읽기…… 아홉 품사와 격조사……

　작은언니가 한계를 넘어서도록 두었다, 큰언니의 무한함
처럼
　술잔 아래 전등 켠 맥주 색 같은 동전이 있고 오므린 발
가락들처럼 환기가 되지 않는 이름들
　작은언니는 더 착해지기 위해 공기를 매일 마시면서
　사지 못한 부츠 생각을 구도를 잡아 가며 계속해서,

읽고 쓰기 읽고 쓰기…… 기웃거린다

　말라깽이 언니들은 목이 없는 부츠를 신고 구도를 잡았다

작은언니와 큰언니 사이에 낀 막내가 자리에서 솟구쳐
올랐다 과잉과 극단으로 몰고 가던 작은언니가 후한 팁을
받았으니
불가능한 고독으로 몰고 갈 자세였다

말라깽이들은 살아남아서 기쁘다고 말하면서 목이 없는
부츠를 벗었지만
막내는 인형을 끌어안았다
인형을 안고 자리에서 피신하는
오래 듣지 않는, 애기

목소리 속의 마르탱 마르탱의 연출 연출하는 흰빛 흰빛
의 시뮬라크르 시뮬라크르의 구름 구름의 작용 작용하는
목 없는 부츠들

두 명의 남동생, 작은언니와 큰언니 그리고 별이 되어 떠나
간 오빠 어쨌거나 우리가 감각적인 오빠를 잊지 않는 것은
살아 있기 위해 다시 읽어 보는
은밀한 독서가들

쉰 목소리를 살 수 있다면
아무 일도 하지 않더라도
웃으면 웃고 울고 싶으면 우는 것
그렇지만 칭기즈칸 시대에도
말은 재갈을 물고 있어서

나는 노랗게 약발이 오른다
미안하지만 눈이 열려 있다면
당신이 보는 것처럼 내가 노랗게 되어 간다면

말을 못 한 말라깽이는 더 말라 가고
가벼워진 사랑은 날아가 버려야 하는데

말을 못 한 말라깽이는 무거워지고
사랑은 정복될수록 한증막

내가 노랗게 되어 간다면
참견한 것처럼 내가 샛노랗게 되어 간다면
내가 보고 읽은 것으로
나는 말 안장에 앉으려고 애써야 할 텐데……

불쾌함을 떨궈 버린 목소리다
입장을 바꿔 버린 목소리는 분을 바르게 하지
한 숟갈 먹었군 한 숟갈 먹었어

말라깽이 언니들은 기묘하게도 입장을 바꿔서 근엄해지
고 말았다
 구도를 잡아 가며 사진을 찍던 날
 터무니없는 바보짓 같은 말의 부끄러움을 꿰뚫었다

무거운 바닷가

"아무튼 아침에 인형의 태엽을 감아 뒀으니 음악에 몸을
맞춰 보면 어때, 사흘 동안 쉬지 않고 계속해서 비가 내렸지
말라깽이 언니들은 인형에게 눈을 붙여 줘 누군가 보든 말
든 인형의 까만 눈동자에 빠져 버릴 수 있다고 말해 봐? 무
엇이든 꿰뚫어 버리는 말라깽이 언니를 빙빙 돌면서 자라
났거든 내 생각만 떠들어 댔지, 불면에 밤을 새우면 그리움
이 동반된 비가 너무 강하게 내렸지…… 말동무가 필요해,
고독 속에 존재하는 외로움을 가까이한 게 너무 두려웠어,

말라깽이 언니들은 남자들 가운데 가장 향 짙은 남자를 사랑하게 되었는데, 햇볕에 그을려 살갗이 타는 주문을 외우는 것 같아, 정신없이 인형 놀이를 한 게 누군시 알아? 손가락으로 내 머리를 잡고 목욕탕을 가던 말라깽이 언니들, 문간에서 세상 밖을 모르는 인형의 면사포를 씌우느라 세월의 절반을 썼을 테니, 꽃과 화환으로 둘러싸인 식장에 섰을 때도 의자에 앉아 퇴락해 가는 인형을 지켜 줬을 테니, 말라깽이 언니들이, 우리 엄마, 나의 연인이었어"

4

나는 발각되지 않는 세상이 있다고 생각한다 한 바퀴 다 살아도 쓰지 못한 가족이다

희망이 끝나 버릴 만큼 백발이 된 말라깽이 언니들
그리고 두 남동생
가장은 집안의 남자를 말하지만 분위기에 따라 은밀해지는 구석이 있고
음악 속의 마르탱 마르탱의 연출 연출하는 흰빛 흰빛의 시뮬라크르 시뮬라크르의 구름 구름의 작용 작용하는 목

없는 부츠들
　　종이 위의 손은 죽을 때까지 빗장을 열지 않을 수도 있지만
　　그것은 읽기 전에 항복한 당신이거나 말라깽이 언니들

　　두 명의 남동생, 작은언니와 큰언니 그리고 별이 되어 떠나
간 오빠 어쨌거나 우리가 감각적인 오빠를 잊지 않는 것은
　　무거운 바닷가
　　무서운 사람들
　　살아 있기 위해 다시 읽어 보는
　　신비로운 엄마들

박정민 purunn@naver.com

1997년 『문예사조』를 통해 등단했다.
시집 『코끼리를 냉장고에 넣는 방법』을 썼다.

—

( )

◄►

머그 컵 깨졌다
아버지와 숨,바꼭질

( )

ㅡ　　창을 풀자 둥글거나 네모나거나 상처 입은 몇 개 바람이
들어온다
　　몇 개의 뾰족하거나 말랑한 바람도 다녀간다
　　중력에 붙들리느라 산 채 박제된 말들 괄호 안으로 밀려
오고
　　누군가는 열지 말라고, 다시 닫기 어렵다 소리친다
　　곡면의 벽을 여는 일이 그리 수월한 일 아니었으므로
　　괄호 안과 밖의 언어는 서로 타협한다
　　분리가 불안한 무리 다시 무리 짓고 나누고 묶이고
　　파장의 무리에 끼지 못한 말도 눈치 보며 어깨 들썩이고
　　습기 잃은 말은 공중으로 오르고
　　입속의 공기는 말이 될 준비를 하고
　　입 밖을 떠돌던 말은 숨 고를 준비를 하고

　　눈짓과 손짓 혹은 표정으로 읽은
　　색을 숨긴 흑백사진 같은 너의 말
　　형형색색의 잔소리처럼 뭉쳐 달려오다가
　　헛걸음 소리에 걸려 흩어지다가
　　소음에 지친 너는 상처와 위로의 어디쯤 산초 냄새나는
ㅡ　율마의 뿌리로 간다

괄호를 벗어나 본 적 없던 말은
시그널 언저리로 물러나 숨 고르다가
언젠가 내가 원하는 기억으로 불쑥 돌아올 것을 안다
  그러므로 소리는 괄호로 묶지 말 것, 묶이면 다시 풀어
줄 것

←→

  —

　　냄새가 사라졌다, 타원의 무리를 몰고 모조리
　　알코올로 소독한 굴곡을 재구성하느라 36.5도 이상의 열
기를 견디는 동안
　　입덧 바깥만 돌아다녔을 모든 익어 가는 것들의 냄새

　　먼저 냉장고를 열고 김치통 열어 본다
　　그라인더 바닥에 깔린 원두 부스러기
　　하물며 변기 속 배설물도 냄새를 벗었다
　　커피와 보리차는 냄새 벗고 나서 서로 통치는 관계가 되고
　　새콤달콤한 향을 잃은 디퓨저는 의무를 벗었다

　　필통 속 볼펜들은 서로 엉킨다, 침묵을 고려 중이다
　　잉크 냄새 벗은 글자는 무게를 줄인 만큼 가벼워진다
　　입속 습관적 되새김질은 무미건조해지고
　　당신의 늙은 입냄새 나지 않는다
　　깔린 것의 냄새, 내몰린 것의 냄새, 낮은 것의 냄새, 우울의
냄새
　　내게 나던 지독한 노화 냄새도 일시 정지다
　　전화벨은 생략되고 톡은 차단이다
  —　　너의 입술은 더 이상 발기하지 않고

내 입에서는 더 이상 똥 냄새 나지 않는다   —

—

머그 컵 깨졌다

커피 잔에 실금이 내리꽂힐 동안 무슨 일이 있었을까

pm 2:00 그라인드 속 원두가 회전하는 동안 고막은 고통의 데시벨을 견디고 있었을까 pm 1:00 떨어진 단추 찾느라 빨래통 안에 머리 넣고 있었을까 pm 12:30 건조기안 청바지 꺼내 접고 있었을까 pm 12:00 먹다 남은 김치찌개에 혼자 점심을 먹었을까 am 11:30 엄지발톱에 페디큐어 붙였을까 am 11:00 먼지 터느라 창문을 열고 있었을까 am 10:30 초인종 울리고 먼지 들어왔을까 am 10:00 음식물 쓰레기 버리러 가는 길에 포메라니안 털오리 묻어왔을까 am 9:00 며칠째 해결되지 않는 변비와 변기 사이의 역학 관계를 생각하고 있었을까 am 8:30 사과를 깎다가 손가락 베었을까 am 1:00 올린 문자에서 엉뚱한 자음과 모음을 골라내고 있었을까 pm 11:30 신규 확진자 69,953명 늘어 누적 확진자 28,062,679명. 빨강과 파랑감기약을 더 사 모아야겠다고 생각했을까 pm 11:00 일정시간마다 배관을 타고 들어오는 담배 냄새에 짜증을 내고있었을까 pm 7:00 관심 종목들 모조리 파랑의 역삼각, 더빠질 재산 없는 잔고를 살피고 있었을까 pm 5:00 지나친신호가 노랑인지 빨강인지 걱정하다가 오른발에 힘을 주고

있었을까 pm 2:00 101동과 102동 사이 소용돌이치는 바
람 소리 들었을까 pm 1:30 흔들리는 단추를 꿰맬까 말까
고민했을까 pm 1:00 하루만 더 입자고 빨래통에서 청바지
다시 꺼내고 있었을까 am 11:30 손톱 정리를 하다가 거스
러미 너덜한 엄지발톱을 보았을까 am 11:00 새 봉투 헐어
케냐를 갈아 커피를 내렸을까

아버지와 숨,바꼭질

　큰 키 항아리에서 쌀강정 꺼내고 미역 타래 꺼내고 깨금
발 아래 깔린 고춧가루도 끄집어내자 나 하나쯤 들어앉을
공간 생긴다 만취한 아버지 부디 나를 잊기를…… 어둠이
서늘하게 들어오고 티끌 같은 별 몇 개 들어오고 곰삭은
고춧가루 냄새와 소금 냄새가 빠져나간다

　항아리 한쪽에 숨겨 둔 신발을 생각하다가 어둠만 골라
디딘 맨발을 만져 본다 각질은 무사히 어둠 속으로 흩어졌
을까 아버지의 슬리퍼는 밑바닥 넓어 어둠 속에 모두 숨겨
지지 않을 거라는 아찔한 충격. 눈만 감으면 어둠 속으로 숨
어들 수 있을 것 같아 눈을 감고 맨발을 다시 만져 본다 바
닥의 각질들은 무사히 어두워졌을까 숨지 못한 별빛 두어
개 어둠을 따라 들어와 나를 부둥켜안는다 숨을 참아 본다

　졸음에 빠진다 꿈속에서 나는 콩이었다가 참깨인지 들깨
였다가 고춧가루였다가 기장 앞 바닷속을 일렁이다가 미
역의 뿌리였다가 콩이 된다 아버지 얼굴이 훅 들어와 콩
속에 숨은 나를 찾다가 나간다 나는 콩이어서 다행이라 생
각한다 큰 키 항아리는 나를 통째 집어삼킨 채 빛의 속도
로 숙성되어 간다

122

성자현 seaofluv@hanmail.net

2004년 『시와 비평』을 통해 등단했다.

—

창부타령
벽시계와 새
태양의 은신처
믿음의 증거

창부타령

밤낮을 반죽해 놓은 듯 구름은 감빛으로 젖어 가고 늦가을, 노모를 태운 승용차는 두산리 교차로에 접어들었다. 경주로 향하는 왕복 2차선 도로는 선 채로 허공에 화석이 된 듯 박혀 있는 나무들과 태화강 대숲을 찾아가는 까마귀 떼들. 망막을 훑으며 지나가는 빈 땅. 가끔은 내가 핸들을 잡고 있다는 사실을 잊는다. 핸들을 잡은 손과 페달을 밟는 발의 움직임은 몸속의 몸이 배냇짓을 하듯 본능적인 움직임으로 여겨져 이대로 핸들을 놓는다 한들 크게 이상하지 않을 것 같다. 노모는 운전석 뒤편에 앉아 흥얼거리기 시작했다. 아니, 아니 노지는 못하리라. 목구멍을 빠져나오는 목소리는 나뭇가지에 걸리는 바람처럼 내부의 공기를 긁으며 차 안을 맴돌았다. 어머니는 가끔 당신에게만 찾아드는 특별한 메시지를 감지한 듯, "저기 봐. 저기 누가 감주 단지를 저래 내놨노?"라고 알아들을 수 없는 말을 하거나 당신의 틀니를 빼서 쓰레기통에 버리기도 했다. 그러나 노랫가락만큼은 가사도 잊는 법 없이 구성졌다. 옆에 앉은 노모의 친구는 박수를 치기 시작했고 내가 잡은 핸들도 조금씩 두근거렸다. 창문을 닫아도 스며드는 달빛. 어머니의 목소리는 우듬지까지 기어올랐다. 목구멍을 빠져나온 바람은 체한 듯 덜컹거렸다. 마음을 달래도 파고드는 사랑. 사랑이 달빛이냐 달빛이 사랑인가. 얇게 버티고 있던 셀로판지가 찢어진 듯 틈을 비집고 흐르는 뜨거운 강. 그렇구나 사랑이 있었구나. 당신에게도 내게도 파고드는 사랑. 체한 듯 토해 내는 기침. 망각의 주름살 사이, 육체에 갇힌 마음은 언제나 창밖을 엿보고 있었구나. 부랑아처럼 떠도는 마음은 산짐승이 웅크리고 앉아 있는 산골짜기 으슥한 곳을 헤매다 바위에 걸터앉은 채 졸기도 했다. 창문을 닫아도 눈발은 넘실대며 흘러들어 심장 어디쯤에서 녹아내리고 눈물이 강이 되어 흐르는 차 안으로 서서히 어둠이 스며들었다. 내 안에 숨 쉬는 당신의 사랑. 떨켜 층에서 잎이 언제 떨어질까를 가늠해 보는 시간. 해와 달이 적당히 버무려진 시간에 나는 당신을 이해할 것 같다. 이미 경계가 허물어진 당신의 세상, 몇 개의 신호등을 지나야 하고 길을 가로질러 다가오는 자동차들을 피해야 할 것이다. 차창을 스치는 안개 같은 기억들은 내장 기관만 남은 듯 소실되어 가는데 반대편에서 붉은 눈으로 쏘아보며 달려오는 차량, 그가 나인 듯 내가 그인 듯, 어둠 너머의 집을 향해 달려가며 나는 얼마 남지 않은 나의 길을 예감한다.

벽시계와 새

시계는 집을 닮고 새는 자명종을 닮았다
참 오랜 시간 그윽한 관계를 품고 왔다
집에서 뛰쳐나온 새 한 마리, 정시에 맞춰 울곤 했는데
지금 나의 집에 사는 새는
검은 빛깔의 깃, 검은 부리, 검은 우관, 검은 날개의 새
검은 집에서 뛰쳐나와 그대로 박제되어 있다
지붕 꼭대기에 앉은 새는 종려나무 잎을 물고 있고
집 옆 벚나무에 앉은 새는 허공을 응시하고 있다
이제 막 날아오르려는 듯 오른쪽 가지에 앉은 새는 날개를
부채처럼 펴고 있다
하지만 그뿐, 그의 시계는 거기서 멈춰 있다
나뭇가지 아래 그네를 타는 새 한 마리만 박자에 맞춰
무궁한 시간을 즐기고 있을 뿐
집 내부를 배회하던 종소리는 어디로 갔는지?
24시간 쉼 없이 회전하는 철침 소리만 들려오고
새의 울음소리는 동그란 시간 속에 갇혔다
나의 새가 되어 줄래?
연지를 찍은 주홍빛 뺨에 멋진 우관을 세운 나의 새
노란 날개를 펼치고 날아오르는 건 잠시,
날개를 잊은 듯 부리와 발로 이동하는 새

이름을 부르면 고개를 갸웃하곤 비스듬히 그늘진 눈동자로
날 응시하는 새

식탁 위로 날아올라 밥알을 쪼아 먹는 새

뜨거운 커피를 마시다 화들짝 놀라기도 하는 새

내가 지은 집에서 멈췄던 시간을 돌리고 종소리도 돌려
주렴

날 유혹하여 너의 시간으로 초대해 보렴

허공을 날아다니는 꽃, 나의 왕관앵무야

태양의 은신처

그러면? 그러면! 그~러면 그.러.면.
아이는 계속 고개를 갸우뚱거리고 있다
지적 장애인들의 재활을 돕는 직업재활원에선
자동차 부품으로 들여온 고무의 구멍들을 분리하는 소리가
달그락거렸다
한편에선 자폐 스펙트럼 장애를 가졌다는 아이가
언어 속에 갇힌 듯 같은 말을 반복했다
아니, 같은 말이 아니다.
출렁이는 물결을 따라 흔들리고 부서지는 기호들
내 몸속을 흐르는 붉은 강
아이의 몸속에도 흐르고 있을 붉은 강
그 강의 원천은 같을 것이지만
흐르다 갈대숲에 갇힌 물
가만 귀를 대 보면 강물이 찰랑이는 소리
물그림자가 벽면에 아른거리는 모습, 짐작할 수 있다
지금은 태양이 몸을 숨긴 시간
너와 나는 달아나는 안개를 붙잡으려
어쩌다 여기까지 흘러온 것이다
너는 반쯤 알아낸 비밀을 숨기고
시치미를 떼고 있는지도 모르겠다

이 땅의 반대편에서 빛나고 있는 태양을
너는 이편에서 바라보며 아무렇지 않은 듯
이 은신처를 놀이터 삼아 유희를 즐기는 것이다

믿음의 증거

—

내가 믿는 대부분은 소문
얼마나 확신에 차 있으면 사자 앞에 목을 내밀 수 있나
떨기나무 가운데 빛나던 불꽃,
발을 끌며 걸어가는 밤길에서 만난다면
믿음은 더욱 단단해질까, 이 역시 소문일 뿐
먼 옛날 현자가 있어 강가에서 소리쳤다 하나
내가 만지고 있는 것은 얄팍한 종이
내가 추종하는 것은 그 위를 기어다니는 활자
눈뜨면 소문에 소문이 더해진다
내가 보고 있는 건 무당벌레 같은 너의 외피
현란한 노래와 춤에 마음을 빼앗긴다
추측이 더 분명한 것일지 모른다는
가끔 몽상이 불러일으키는 가설
내가 간직한 나도 모르는 비밀
근원을 찾아 거슬러 오른다 할지라도
두려움으로 멈추게 될 발걸음
눈감으면 모두 사라질 외피들
그리고 증거들

—

양문희 moony6734@naver.com

2014년 『시에』를 통해 등단했다.

—

슬픔이라는 모국어
낙타는
시작하는 밤
벽과 벽 사이

슬픔이라는 모국어

— 　블루투스의 연결된 말은 기계적인 쇳소리를 낸다. 보이지 않는 수가 작동되고 있다. 영: 엉엉이 변형된 글자. 11: 진행 중. 하: 숨을 몰아쉰다. 다: 다다다 규칙적인 발화 음을 낸다. 22: 상황이 종료된다.

　새로운 기계에 연결하시겠습니까?

　물소리가 난다. 우물에서 물을 길어 올린다. 물속에서 일렁이고 있다. 돌 하나.
　돌의 빛깔은 보호색의 깊이로 검은색을 띠고
　돌을 비비자, 물이끼가 벗겨졌다.
　돌은 자정작용을 하고 있다.

　클릭, 외로움은 외로움으로 연결된다 한다.
　따딱, 부둥켜안고.
　손가락 하나가 아프다.

　제야의 종소리, 통점이 사라지며 지각생 어른이 된다

—

낙타는

제1의 위장을 뺀다
제2의 간을 뺀다
제3의 지방 덩어리를 뺀다
제4의 쓸개를 뺀다
제5의 방광을 뺀다
제7의 고환은 흔들리는 중이다
제8의 어깨뼈를 뺀다
제9의 늑골을 뺀다
제10의 등골을 뺀다
제11의 발가락뼈는 부서지는 중이다
발가락에 낀 모래 알갱이들 쏟아진다
두 줄의 속눈썹
아버지 제13의 눈동자

시작하는 밤

― 마법사가 없는 허공에 뜬 성긴 빗자루 가지를 피워 올리
고 노을이 지고 있어 노을 끝에 걸린 손톱달과 어둠은 몰
려오고 투명 고깔모자를 쓴 난로에 손을 데웠지 입김을 날
리며

그가 뿌리는 별 가루 바람에 실려 안으로 날아들고
장난감 병정들이 도열하고 트럼펫을 부는 밤

마법사가 없는 행성을 생각했어
자작나무 숲은 달을 밀어낼 수 있을까
손끝에 만져지는 딱딱한 부위는 어디일까
범람하는 소리 사이를 만지고, 싶어 리플레이 리플레이
무기력했던 밤을 어루만지고 싶어 싶어 싶어

까무룩
잠든 강
그가 하늘로 윷을 띄우지
가지가 흔들려
까딱거리는 고개
― 첼로는 스피카토 수면을 누르고

마법사가 있는 행성을 생각했어

사막의 고인 물에 살고 있던 물고기 파닥거리며 음계를
두드리고

장대비 소리 플래시들 쏟아지는 소리 박수갈채 속으로
유영하는

벽은 사라지고

토성과 화성이 만나 유성우 쏟아지는 밤

마법사가 두고 간 빗자루에서 움트는 밤

밤의 은유를 찾아서

벽과 벽 사이
—울란바토르 샹그릴라호텔

— 열려 있던 창이 닫히는 것을 본다

급히 날아든 새와 빠져나갈 새를 위해 맛있는 것들이 많다
오렌지 맛 사탕 쌓여 가고 내 강아지 있고 초코파이가 있
고 오징어 땅콩이 있고
창밖으로 삐져나온 맛집 카탈로그가 있다

눈뜬 강아지, 닫힌 창을 향해 짖는다

빠져나간 빈방엔 새의 깃털이 쌓이고
두고 간 행선지 팸플릿에 그려진 붉은색 동그라미, 몽골
초원에서 밤하늘 삼태성 찾기다 고비사막에서 낙타 타고
울란바토르 가기다

오래전 그와 가방을 샀다 시옷으로 시작하는 가방의 메
이커가 조금 낯설긴 했지만 레드카펫이 깔린 곳을 따라 구
르기엔 충분한 바퀴였으니까 객실로 가는 계단을 오르내
릴 때 고장 나기 쉬운 것도 바퀴였으니

— 그렇게 복도 끝 CCTV는 돌고 있었다 하늘 보고 있었다

별자리 움직이기 시작하고 양고기 말고기를 즐겨 먹던
입맛이 변하고 과자 껍질 또 쌓일 때
조악하고도 조악한 새 모양의 과자, 건조한 부리에 핏방
울이 맺히도록 고도를 낮출 때

그믐달 모양이 된 초코파이와 햇반 그릇에 담아 둔 땅콩
볼을 집어먹고 입가심을 한다
새의 울음도 웃음이 된다

김병권 usmac@naver.com

2014년 『서정문학』을 통해 등단했다.

—

한낮의 세레나데

결국 매미가 웃고 말았다
7년 땅속 참았던 웃음 주구장창 입 터지게 제낀다

돌 하나하나 깨어 있는 봉하마을
삼켜야 할 더위가 저리 많은데
들려줄 것이라곤 헛웃음뿐인 매미가 벽을 치기 시작했다
날 선 소음,
빨강, 도시의 빛에 단 한 번 사랑으로 맞는
잠 못 이루는 밤 웃고 또 웃었다

꽃 피어 있었다

검은 오염수에 물들어도 강물처럼 자신을 살라

천 개의 바람개비 꽃 피우고 또 피워 대며
배롱나무에 주렁 달린 웃음 담던 저 매미
아직도 덜 삭은 웃음이 남아
목숨 줄지어 죽어라 웃어 제끼는

한 철 잠시 왔다 가려는 것뿐인데

매미, 저 세레나데
세상에 매달려 늘 헛웃음 늘어지는

구천동 눈꽃내

—

설천면 불대마을 민주지산 삼도봉 아래 첫 동네
정갈한 눈꽃내 빈 뜰,

영동 순백의 바람과 무주계곡 물소리의 외침
추위에 얼어 버린 김천댁 수국의 얘기가 비밀처럼 환하게
반겨 주는 10시 42분
창망한 하늘은 숨 멈추어 사과밭 내려앉아

눈꽃 핀 나목의 따스한 언어들

신의 음성에 귀 기울 듯 날카로움 수놓은 바늘
수직 벽체 내려온 연꽃 봉우리 속, 협탁 아래 꼬마 가족,
베갯잇 사이,
양동이 앞 물조리개, 꽃모자와 부츠 속 꽃병, 식탁 위 화장
지갑, 수놓은 눈꽃 생명
한 땀 한 땀 깊은 색 뚫고 나오는 둥그스름한 사각형 자수
불멍 가슴 활활 타올라 아침 햇살로 내려오면

김천댁 손바닥 펼치고 하늘에다 금 하나 긋겠다
뼈만 남은 나목에 쌓이어 가는 눈꽃 한번 보려

142

　청룡의 시름 익어 가는 겨울꽃 세상 만나러 뿜뿜 향적봉
내딛는다

　겨울이 전한다
　눈 속 잘보득 눈길 속 찰보득 가슴 내주랴
　맨몸으로 우뚝 솟아 백 번이나 얼었다 녹으면서
　미명 속 칼바람 맞고 중봉 지키는 주목처럼 죽어서도 천
년을 걸어가라
　눈꽃내 수놓아 천년 살아 있어 구천동 나선다
　꽃내음 향그런 봄이 오는,

발레뜨망 병정

一

　　그 하얀 꿈을 꾸었어요
　　펑펑 눈 내린 숲속에서
　　그녀가 꼼지락 춤을 추기 시작했어요

　　발롱발롱* 공중으로 뛰어올라
　　물 위 스치듯 플릭플락**
　　발끝으로 쿵쾅쿵쾅 심장을 찔렀어요

　　그녀로 하여금
　　내가 깨끗해질 수 있다면
　　나는 춤 속 내리는 눈송이고 싶었어요

　　그 하얀 눈의 정령 발아래
　　새벽을 만나 네 속살 깊은 곳 비집어
　　물안개로 뿌려지면

　　그 호두 까기 꿈 깨어나지 않고
　　만날 수 있다면
　　나는 생쥐와 독재자들 물리치는
—　　빨간 발레뜨망*** 병정이 되어

눈물 쏟아 낼 텐데,

*몸을 가볍게 들어 올리는 동작.
**다리를 쓸어서 뒤로 보내는 동작.
***발레 무용수들의 능력과 개성을 잘 파악하고 있는 사람.

침묵

아무에게나 웃음 주지 않던

나뭇가지에서

한 줄 시 줄을 타고 낙엽이 구른다

늦가을 병 같은 그리움 하나 얻어

찬밥 한술 뜨고

가슴 꿰매다 주저앉아 있다

이희승 apple-812@hanmail.net

2023년 『계간문예』를 통해 등단했다.

—

일침

고울 때 울고, 미울 땐

기억의 지속

그때처럼

일침

―

　고래를 잡는다 얼마나 잡았냐고 땅 위에 있는 시간보다 바다에 있는 시간이 더 많을 정도지 땅 위에 서면 멀미가 나지

　돌고래 따윈 잡지 않아 귀신고래만 잡지 참고래 말이야 참고래는 분기를 내뿜어 한눈에 알 수 있어 엔진을 꺼야만 해 달아날지 모르니 노를 저어서 가까이 다가갈 수 있지만 놈이 눈치채니까 꼬리지느러미를 움직일 즘 작살포를 조준하는 거야 심장부를 정확하게 내리꽂지 이리저리 날뛰는 모습이 성난 파도 같지 배가 뒤집힐 정도야 난, 딱 작살 하나만 꽂지

　장수경이란 놈이 분기를 일으킬 텐데 오히려 반들거리며 살짝 물 위에 비치는 거야 숨을 쉬려 떠올랐던 거지 엔진을 껐어 하지만 놈의 눈과 마주치고 말았지 놀란 건 나였어 엉겁결에 작살포를 당겼지 밧줄이 풀리기 시작했어 한없이 풀리는 거야 갑판에 동여맸더니 얼마나 배가 요동치는지 비는 내리고, 너울은 다가오고, 키를 잡고 전속력으로 배를 몰았지만 갑자기 축 쳐져 버리는 느낌이었어 그때 놈은 다시 생기를 되찾았어 팽― 하는 소리 다들 포기하자고 밧줄을 끊자고 했지만 마지막 작살포를 쏘았지 발사되는 순간, 작살포 밧줄에 감겨 놈 위로 날아갔어 놈이 사는 곳까지

쭉 내려갔지 그 후로 난 수면 위로 오른 적이 없어   —

난 땅 위에 있으면 멀미를 느끼니까

고울 때 울고, 미울 땐

─

할머닌 해녀였다 허리를 다치시기 전까지만 해도 바다가 텃밭이었다 멍게 전복 소라 해삼…… 뿌린 적 없는 것들이 싹을 틔우니 그저 고마웠다

더는 바다 못 나가는 할머니, 대문 옆 승용차 한 대 주차할 공터에 텃밭을 일구셨다 대청마루에서 십여 미터도 안 되는 거리건만 오가는 데 걸리는 시간은 반나절가량이다

사이사이 이장네 경운기 지나가고
"할매요 점심은 자셨능교" 분간 안 되는 목소리의 주인,
분간 못 할 어디론가 사라지고

나비 한 마리, 할머니 머릿수건 주위를 맴돈다
몸체와 또 분간 안 되는 당신 그림자 속으로 빨려 들 즘
쪼그라든 손바닥엔 깻잎 몇 장만이 들려 있을 뿐이다

하지만 할머닌 농부다
땅에 뿌렸던 것들이 싹도 옳게 틔우지 못함에 미울 건만,
웃으신다
멍게 전복 소라 해삼……그 고마웠던 것들이 잠겨 있는 저

노을 끝자락을 바라보곤 우신다

그렇게 할머닌 고울 때 울고, 미울 때 웃는다

기억의 지속[*]

—   비둘기 두 마리 마당에 나와 봄볕을 쬔다

이불 말리려 베란다로 나가는데 어머니 따라 나오신다
난간을 잡고 가만히 서 계신다
한곳을 뚫어지게 본다
시선 따라가니 비둘기에 머문다

땅을 헤집어 먹이를 잡아낸 비둘기
전리품인 양 놓아두고
꾸욱꾸욱 꾹꾹꾹 꾹꾹꾹꾹 짝을 부르면
목을 앞으로 내밀며 다가와 꼭꼭 쪼아 먹고
저만치 가서 또 먹이를 잡아 놓고……
짝은 또 다가와 쪼아 먹고

담장 따라가도 꽃밭 옆에 있어도
감나무를 돌아가도 졸졸졸

의자를 내오고 어머니께 담요를 덮어 준다

—   비둘기 한 마리 날아오르고 뒤이어 또 한 마리 날아오른다

152

어머니 시선 담장 너머 멍하니 바라보는

*살바도르 달리 그림(1931) 제목 차용.

그때처럼

―

남숙이가 뛰어왔다 사진을 찍자고
난 그녀가 싫었다 사진을 찍는 건 더 싫었다

잠시 마네킹이 될 테니까 니 맘대로 해
다리 위로 다리가 걸쳐지고
목을 껴안으며
난 니가 좋아 예쁘지도 않은데

그녀가 보고 싶어 전화를 건다
*지금 거신 번호는 없는 번호입니다 다시 확인하고 걸어
주세요 뚜뚜뚜*

이십여 년을 통화한 번호인데……
수소문한 남편의 전화번호 신호 간다

여보세요 기운 빠진 그의 목소리
*여보세요 안녕하세요 남숙이 친구인데 남숙이 전화가 안
되어서요*
갔어요 유방암으로……

―

학교 등나무 아래로 가 본다
햇볕 조각 그때처럼 바람이 바꾸어 놓는다

길게 다리를 뻗어 본다
'찰칵' 사진을 찍어 줄 것만 같은

시목문학회 회원

김도은 jaworyun@hanmail.net
2015년 웹진 『시인광장』을 통해 등단했다. 2023년 제3회 시목문학상을 수상했다.

김뱅상 sukhee1796@hanmail.net
2017년 『사이펀』을 통해 등단했다. 시집 『누군가 먹고 싶은 오후』 『어느 세계에 당도할 뭇별』을 썼다.

김병권 usmac@naver.com
2014년 『서정문학』을 통해 등단했다.

김숲 misuk2431@hanmail.net
2014년 『펜문학』을 통해 등단했다. 시집 『간이 웃는다』를 썼다. 등대문학상, 한국해양문학상, 제2회 시목문학상을 수상했다.

박산하 p31773@hanmail.net
2013년 천강문학상, 2014년 『서정과 현실』을 통해 등단했다. 시집 『고니의 물갈퀴를 빌려 쓰다』 『아무것도 묻지 않았다』를 썼다. 함월문학상, 울산불교문학상을 수상했다.

박순례 sy3456@hanmail.net

2016년 『여기』를 통해 등단했다. 시집 『침묵이 풍경이 되는 시간』 『고양이 소굴』을 썼다. 울산문학 젊은 작가상, 울산詩文學 작품상을 수상했다.

박장희 change900@hanmail.net

1999년 『문예사조』, 2017년 『시와 시학』을 통해 등단했다. 시집 『폭포에는 신화가 있네』 『황금주전자』 『그림자 당신』 『파도는 언제 녹스는가』, 산문집 『디시페이트와 서푼앓이』를 썼다. 울산문학상, J. P. 사르트르 문학상 대상, 울산 詩文學賞, 함월문학상 등을 수상했다.

박정민 purunn@naver.com

1997년 『문예사조』를 통해 등단했다. 시집 『코끼리를 냉장고에 넣는 방법』을 썼다.

성자현 seaofluv@hanmail.net

2004년 『시와 비평』을 통해 등단했다.

양문희 moony6734@naver.com

2014년 『시에』를 통해 등단했다.

윤유점 stoneyoon@hanmail.net

2007년 『문학예술』, 2018년 『시문학』을 통해 등단했다. 시집 『내 인생의 바이블코드』 『귀 기울이다』 『붉은 윤곽』 『살아남은 슬픔을 보았다』 『영양실조 걸린 비너스는 화려하다』 『수직으로 흘러내리는 마그리트』를 썼다. 한국해양문학 대상, 부산진구문화예술인상 대상, 부산문학상 등 다수 수상했다.

이선락 blue-dragon01@hanmail.net

2020년 『울산문학』, 2021년 『동리목월』, 2022년 《서울신문》 신춘문예를 통해 등단했다.

이희승 apple-812@hanmail.net

2023년 『계간문예』를 통해 등단했다.

임성화 lsh4529@hanmail.net

1999년 《매일신문》 신춘문예를 통해 등단했다. 시집 『아버지의 바다』 『겨울 염전』, 동시조집 『뻥튀기 뻥야』를 썼다. 성파시조문학상, 울산시조문학상을 수상했다.

최영화 gjcyh@hanmail.net

2017년 『문예춘추』, 2022년 『상징학연구소』를 통해 등단했다. 시집 『처용의 수염』 『땅에서 하늘로』를 썼다. 세종문학상을 수상했다.

황지형 rmfldna2002@hanmail.net

2004년 『시와 비평』, 2009년 『시에』를 통해 등단했다. 시집 『사이시옷은 그게 아니었다』 『내내 발소리를 찍었습니다』를 썼다. 명지문화예술상을 수상했다.